7/12

Matthew Gollub

TÍO CULEBRA

ILUSTRACIONES DE

Leovigildo Martínez

TORTUGA PRESS
Santa Rosa, California

A mi madre, Lorraine, y a Morrie, con mi afecto
M.G.

A Cintia, Ana Gabriela y Lisset
L.M.

Library of Congress Catalog Card Number: 2001-133107

Publisher's Cataloging in Publication Data
Gollub, Matthew. Tío Culebra/ by Matthew Gollub; pictures by Leovigildo Martínez.—1st ed.   p.   cm.
Summary: When his face is changed into that of a snake after he visits a forbidden cave, a young boy wears a mask
for twenty years, before being taken into the sky.
[1. Folklore—Mexico. 2. Lightning—Folklore.] I. Martínez, Leovigildo, ill. II. Title
PZ14.1.G6356Un 2002 [398.2'0972'06]—dc21 95-612 CIP AC
ISBN: 1-889910-23-6 (hc) ISBN: 1-889910-24-4 (pb)

Printing 1 2 3 4 5 6 7 8 9

Hace muchísimo tiempo, antes que existiera el relámpago, las noches de tormenta eran negras como boca de lobo. Entonces, los truenos retumbaban y las nubes soltaban la lluvia. Y un atrevido niño salía a jugar al campo. Por arriba y abajo de los cerros, él corría veloz como el viento.

Un día, durante una tormenta, encontró a los vecinos de su pueblo frente a una cueva. Extrañas luces parpadeaban dentro de la cueva, y la gente escuchaba el silbido y el cascabeleo que escapaban de su interior. "Esta cueva tiene un terrible poder", advirtió el papá del niño. "No entres ahí, pues quizás nunca más puedas salir."

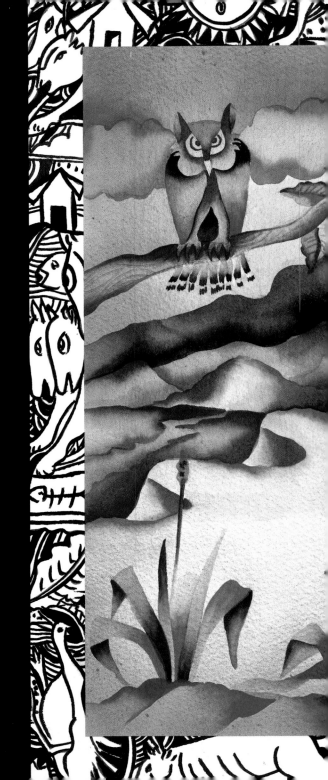

Pero, la advertencia sólo logró despertar más la curiosidad del niño, y un día decidió entrar a escondidas. El aire de la cueva olía a humedad y a encierro. Entre las rocas, lo escudriñaban ojos. A su alrededor, el niño escuchó cascabeleos. ¡Súbitamente, vio varias serpientes con cabeza humana y de brillantes rayas, tan cerca de él que casi podía tocarlas!

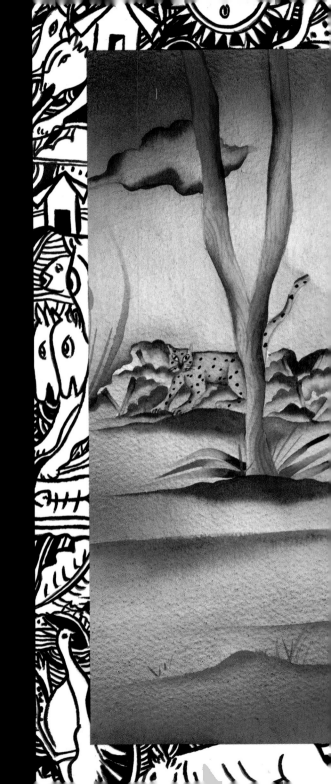

"¿Quiénes son ustedes?" preguntó el niño sin pestañear. Una de ellas, de lomo adiamantado, se ondulaba sinuosamente. "Somos niños*sss*", ella le respondió. Dijo que entraron a la cueva, pero que fueron encantados y ya no podían abandonarla.

El niño corrió a casa, ansioso de compartir su descubrimiento. Cuando se detuvo en la puerta, para recobrar el aliento, su mamá gimió angustiada y blandió la mano del metate.

"¡Véte de aquí!" imploró el papá. "¡No tenemos nada de comer para las culebras!"

"¿Pero, parezco yo una serpiente?" preguntó el niño.

"¡De verdad que tienes cara de víbora!"

El niño levantó la mano y se tocó la piel. Cuando

les contó a sus padres que había entrado a la cueva,

su mamá le acarició el pelo y se puso a llorar.

"No se preocupen", dijo el niño. "A mí me gusta ser una culebra."

Pero al siguiente día, cuando fue al mercado del pueblo, la gente huyó despavorida.

Su papá lo llevó con un curandero, experto en hierbas y remedios especiales. El curandero quemó incienso para alejar a los malos espíritus. Luego, cubrió la cara del niño con albahaca mojada y hojas de plátano. A pesar de ello, no pudo convertirlo otra vez en niño.

Así, vieron a un curandero trás otro. Finalmente, el papá del niño supo de un nahual, un hechicero que podía transformarse a sí mismo en ocelote o lechuza. El nahual vivía en la cima de una lejana montaña.

"Tú entraste a la cueva prohibida", dijo el nahual. Sacó entonces una máscara de su camisa. "Deberás usar esta máscara durante veinte años. Y cada año deberás bailar en la fiesta de tu pueblo."

"¿Qué irá a ser de mi niño?" le preguntó el papá.

"La respuesta", contestó el nahual, "está en las nubes."

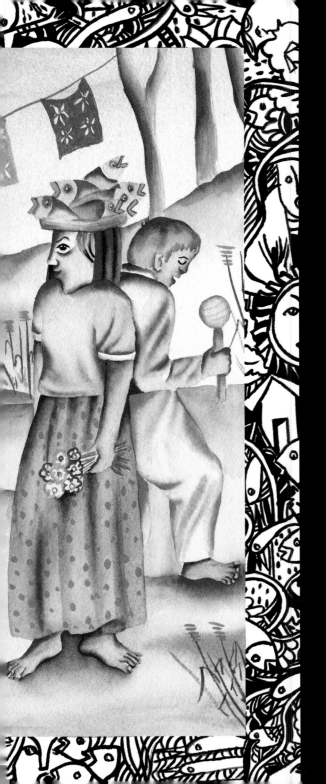

El niño usaba con toda responsabilidad la máscara mientras crecía. Durante su danza de cada verano en la fiesta, rezaba para que las cosechas de su gente florecieran. Los niños escuchaban ávidos sus historias sobre la cueva. Y exclamaban, "¡Tío Culebra!" cuando corría por las colinas cada vez que las nubes estallaban en lluvia.

Después de su baile por el vigésimo año, el Tío Culebra regresó a la lejana montaña.

"Ahora debes volver a la cueva", le dijo el nahual. "Quédate adentro durante tres días, luego regresa a tu casa y quítate la máscara. Tu destino es enseñarle al mundo algo completamente nuevo."

Tal y como lo recordaba, la cueva olía a humedad y a encierro. Otra vez escuchó el cascabeleo entre las rocas.

"Sabíamoss que regresaríass a vernosss", lo saludaron las serpientes de la cueva.

El Tío Culebra les contó del nahual. Luego, dispuso ofrendas para apaciguar los poderes de la cueva, ésos que habían atrapado a las serpientes durante tanto tiempo.

Los tres días pasaron rápidamente. "¿Quieren venir conmigo?" preguntó el Tío Culebra a sus amigos.

"Tú ssal primero", respondieron tímidamente las culebras de la cueva, "¡pero no te olvidess de nosotrasss!"

La noche caía mientras el Tío Culebra caminaba a su casa. Las nubes de lluvia se arremolinaban cuando llegó a su hogar. Su mamá y su papá salieron a recibirlo, y los niños se precipitaron fuera de sus casas para observar.

El trueno retumbó cuando el Tío Culebra se quitó la máscara, y en ese instante se convirtió en una serpiente con cabeza humana.

El trueno volvió a retumbar sobre sus cabezas, y entonces el Tío Culebra se elevó al cielo. Su resplandor zigzagueante creó una luz tan brillante que, por un momento, transformó la noche en día.

Su familia, que nunca antes había contemplado tal espectáculo, vió como la cueva arrojaba más rayos de luz. Los relámpagos asustaron a los niños que corrieron a sus casas, justo cuando una pesada lluvia azotó la tierra.

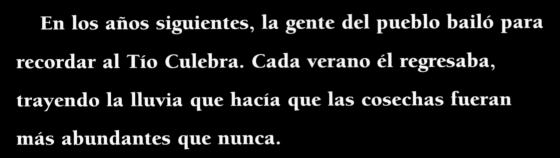

En los años siguientes, la gente del pueblo bailó para recordar al Tío Culebra. Cada verano él regresaba, trayendo la lluvia que hacía que las cosechas fueran más abundantes que nunca.

Hoy, el Tío Culebra todavía anuncia la tormenta. Cuando el cielo se pone negro y los vientos cálidos aúllan, y la lluvia está por caer a cántaros sobre la tierra, tú también puedes ver al Tío Culebra. Como un rayo de luz atraviesa el cielo, e igual de rápido, desaparece.

NOTA DEL AUTOR

Este cuento se inspira en una antigua creencia de Oaxaca, México: una serpiente en el cielo es la que trae las lluvias abundantes. Hace mucho tiempo, posiblemente la gente percibía tal serpiente en la formación de las nubes, a medida que la tormenta cobraba fuerza, o en el propio relámpago. Puesto que las serpientes cambian de piel, también simbolizan el cambio y la resurrección.

En Oaxaca, donde las tormentas eléctricas son comunes, los antiguos pobladores consideraban el relámpago como una de las formas de energía que originaba la vida. El relámpago generalmente anuncia lluvia; es decir, fertilidad y abundancia en una sociedad agraria. Ya que la serpiente y el relámpago golpean instantáneamente, y aparecen como líneas sinuosas, es fácil imaginarse la metamorfosis entre una y otro. Algunas pirámides aztecas y mayas, situadas en otras regiones de México, contienen enormes víboras de cascabel que descienden a lo largo de sus ángulos, semejando poderosas descargas de relámpagos que golpean sobre la tierra. Hoy en día, en Oaxaca, cuando una tormenta de relámpagos se encuentra en su cenit, se dice que las serpientes están "cruzando el cielo."

Entre otros elementos de este cuento que figuran destacadamente en el folclor prehispánico se encuentran:

LA CUEVA: Considerada una entrada al mundo oculto. Muchas de las antiguas culturas de México temían a ese mundo y respetaban a las cuevas como entes vivientes.

EL CURANDERO: Médico tradicional o hechicero que cura a sus pacientes con hierbas y emplea incienso para disipar maleficios. El copal, hecho de las resinas de diversos árboles, es particularmente popular para limpiar el ambiente de maleficios.

LA FIESTA: Una celebración que tradicionalmente entraña rituales para asegurar el bien comunitario. En ocasiones, la gente baila para que se cumplan sus deseos personales, tales como encontrar pareja o criar niños sanos. Bailan en fiestas posteriores para demonstrar su alegría y agradecimiento.

EL NAHUAL: Un brujo que cambia de forma, tan respetado como temido, y que típicamente vive en las montañas alejado del resto de la gente. Se dice que el nahual adivina el futuro y se considera un medio para comunicarse con el mundo sobrenatural.

EL OCELOTE: Gato montés moteado, más pequeño que el jaguar o el leopardo. El ocelote, término de la palabra ocelotl, viene del náhuatl, la lengua de los aztecas. Otras palabras provenientes del náhuatl son chocolate, coyote, tomate y aguacate.

OFRENDAS: Bailes, altares o enseres como comida, dispuestos para pedir favores o agradecer los otorgados.

Otros libros admirables de Matthew Gollub y Leovigildo Martínez:
LA LUNA SE FUE DE FIESTA y *LOS VEINTICINCO GATOS MIXTECOS*